Petit Ours Brun

et les invités

Illustrations de Danièle Bour

BAYARD JEUNESSE

On a sonné chez
Petit Ours Brun.
Ce sont des amis
qui viennent dîner.

Petit Ours Brun
ne les connaît pas.
Mais ses parents
les connaissent bien.

La dame Ours dit :
– Comment tu t’appelles ?
Petit Ours Brun
fait un drôle
de petit son.

La dame reprend :
– Petit Ours Brun ?
C'est joli, ça !
Qu'est-ce que tu tiens là ?

La dame Ours demande :
– Comment ?
Petit Ours Brun
dit tout bas :
– Petit Ours Brun.

Petit Ours Brun dit :
– C'est un requin !
Il ajoute :
– Et c'est un requin coquin !

Puis il dit à la dame :
– Viens, je vais
te montrer
ma chambre !

Petit Ours Brun est un héros

des magazines *Popi* et *Pomme d'Api*.

Les illustrations ont été réalisées par Danièle Bour.

Le texte de cet album a été écrit par Marie Aubinais.

ISBN : 2 7470 2038-X
Dépôt légal : mai 2006 - 2e édition
Loi 49-956 du 16 juillet 1949 sur les publications destinées à la jeunesse

Imprimé en Italie